LE PRÉLIMINAIRE

DE

CONCILIATION

PAR

ÉMILE DARNAUD

MEMBRE CORRESPONDANT DE L'ACADÉMIE DE LÉGISLATION

OFFICIER DE LA LÉGION D'HONNEUR

« Recte facti, fecisse mercès est. »
Sénèque.

PARIS

ERNEST LEROUX, ÉDITEUR

28 — RUE BONAPARTE — 28

1877

LE PRÉLIMINAIRE

DE

CONCILIATION

PAR

ÉMILE DARNAUD

MEMBRE CORRESPONDANT DE L'ACADÉMIE DE LÉGISLATION

OFFICIER DE LA LÉGION D'HONNEUR

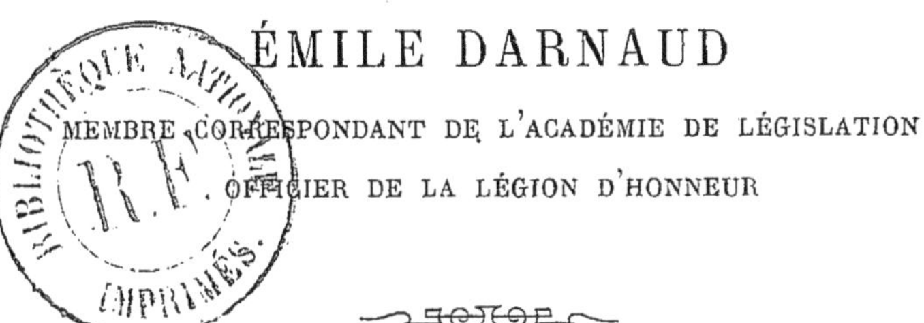

« Rectè facti, fecisse merces est. »
Sénèque.

PARIS

ERNEST LEROUX, ÉDITEUR

28 — RUE BONAPARTE — 28

—

1877

A MON FILS — A MON PÈRE

Jean,

Tu n'as que deux ans, mais j'ose espérer que le jour viendra où tu seras heureux d'apprendre combien ton père aima l'ordre, la paix, la conciliation.

J'aime l'ordre (sans lequel aucun progrès durable ne peut être réalisé) parce qu'ayant été mêlé aux agitations sociales, j'ai vu les infortunes que le progrès doit soulager.

J'aime la paix parce qu'ayant été soldat, j'ai vu les horreurs de la guerre.

J'aime la conciliation parce qu'étant devenu avocat, j'ai vu que les procès sont lents, coûteux, et que leur issue est incertaine, car elle dépend de l'amalgame de quatre éléments : le fait, la forme, le droit et l'équité.

Ordre, paix, conciliation, se résument en un seul mot : République.

C'est pourquoi, mon fils, je t'ai enseigné, dès

le berceau, à lever tes bras potelés au-dessus de ton visage blanc et rose, en t'écriant : Vive la République !

MON CHER PÈRE,

En 1792, ton père avait trente ans et ton grand-père, cinquante-deux.

Ton grand-père fut élu président du tribunal de Foix, et ton père, après avoir pris part à la grande révolution comme agent national du district de Tarascon, devint juge d'instruction à Foix.

C'est auprès de ce même tribunal de Foix que la révolution de 1830 te nomma chef du parquet, ce qui t'a conduit aux fonctions de président de chambre à la cour de Toulouse.

Non-seulement tu as été homme de loi, comme ton père et ton grand-père, mais encore, en qualité de député de l'Ariége, tu as participé à la votation de la loi, notamment de la constitution de 1848.

Il n'est donc pas surprenant que tu m'aies inspiré pour la loi un respect profond et que tu m'aies transmis la foi aux principes de 1789 dont ton père et ton grand-père étaient embrasés et qui fait battre ton cœur, à l'âge de quatre-vingts ans, comme aux jours de ta jeunesse.

Ces sentiments traditionnels m'ont guidé dans l'étude de l'une des plus belles institutions de l'assemblée constituante. Mais si j'ai fait là, comme je le crois, un travail conforme à la raison, c'est parce qu'en écartant de mon enfance les préjugés, tu as permis à ma pensée la libre recherche du vrai.

ÉMILE DARNAUD,

AVOCAT ET JUGE-SUPPLÉANT A FOIX.

AVANT-PROPOS

Une nation est une société d'hommes qui ont les mêmes mœurs et le même esprit.

Les mœurs sont routinières. L'esprit est novateur.

Les mœurs s'obstinent à conserver intact l'édifice social que les siècles ont construit. L'esprit est impatient de faire à cet édifice les améliorations que réclame le bien public.

Aux mœurs qui s'écrient : halte-là ! l'esprit réplique : en avant !

Cette lutte entre les mœurs et l'esprit des nations n'est autre chose que la vie politique.

Chaque victoire des mœurs sur l'esprit est constatée par des lois réactionnaires. Chaque victoire de l'esprit sur les mœurs est constatée par des lois révolutionnaires.

Les lois réactionnaires sont mauvaises parce qu'elles révoltent l'esprit. Les lois révolutionnaires sont mauvaises parce qu'elles torturent les mœurs.

Mais, dans la lutte entre les mœurs et l'esprit,

il intervient des transactions. Les lois constatant ces transactions sont bonnes.

C'est le souverain qui fait les lois.

C'est l'ensemble des citoyens ou électeurs, en un mot le peuple, qui est souverain.

Chaque année, le peuple ou corps électoral change par l'adjonction des adolescents devenus majeurs et par la disparition des citoyens défunts.

Le peuple souverain de l'année prochaine voudra-t-il ce que le peuple souverain de l'année actuelle a voulu ?

Évidemment, la volonté du peuple est inaliénable, imprescriptible.

Cette précision faite, il n'y a aucun inconvénient à reconnaître que le peuple peut exercer sa souveraineté de deux manières : par plébiscite ou par l'élection de représentants.

Dans les deux cas, le peuple exerce sa souveraineté par des votes , et la grande majorité des votants est composée de paysans. Par conséquent, la souveraineté, qui appartient à l'universalité des citoyens , réside, en réalité, dans les paysans.

Jacques Bonhomme est roi des Français. Mieux encore, il va être roi de France, car le sol entier de la France lui appartiendra bientôt ; voici comment :

Le bourgeois qui possède une ferme n'en retire que trois pour cent, tandis que des valeurs mobilières lui rapporteraient cinq pour cent. Le bourgeois a donc intérêt à vendre sa ferme. — D'autre part, la terre, quand elle appartient au paysan qui la cultive, produit dix pour cent en sus de la valeur des journées de travail. Le paysan a donc intérêt à acheter de la terre. — La ferme du bourgeois se vendra fort bien, mais à parcelles, car le pécule du paysan est modique. — Quand le paysan a pu acheter un champ, il s'astreint plus que jamais aux rudes labeurs, aux privations opiniâtres, afin de pouvoir acheter d'autres champs, et il finit par posséder autant de terre qu'il en peut cultiver. — C'est ainsi que le sol de la France a été morcelé en quatre millions six cent mille petites propriétés qui appartiennent aux paysans. Il ne reste plus que deux cent mille grandes propriétés appartenant aux bourgeois.

De l'extrême morcellement du sol résulte un grand nombre de complications et de froissements dans les droits et les intérêts des petits propriétaires. Les paysans sont donc fort exposés aux procès.

Les frais d'un procès dépassent ordinairement trois cents francs et s'élèvent à plus de mille francs quand l'instance est traversée par des incidents ou suivie d'appel.

Dans les grandes villes, la juridiction des référés est un palliatif en vogue pour éviter les frais et les lenteurs des procès. Mais, dans les campagnes, cette juridiction est inconnue.

Quant à l'arbitrage, les paysans n'en veulent pas. — Chacun des deux arbitres, disent-ils, soutient jusqu'au bout les prétentions de la partie qui l'a nommé : le tiers arbitre est forcé de choisir entre deux avis également intraitables et, en optant, il donne complétement raison à l'une des parties, complétement tort à l'autre, alors qu'il serait équitable, presque toujours, de partager le différend.

Si l'on conseille aux paysans de ne prendre qu'un seul arbitre, ils répondent : Pourquoi nous engagerions-nous à accepter, en aveugles, une transaction? Nous désirons connaître la transaction avant de l'accepter.

Le préliminaire de conciliation a précisément pour but de proposer une transaction à l'acceptation des parties.

STATISTIQUE

DU PRÉLIMINAIRE DE CONCILIATION

De 1837 à 1873 , le nombre des causes soumises au préliminaire de conciliation a été, en moyenne, de 61,866 par an, et le nombre des affaires conciliées a été, en moyenne, de 37 pour cent.

Le juge de paix réussit donc plus d'une fois sur trois à mettre les plaideurs d'accord.

L'efficacité du préliminaire de conciliation étant ainsi constatée, reste à savoir si elle va en augmentant ou en diminuant.

Le pour cent des affaires conciliées a été

        44 de 1837 à 1845
        37 de 1846 à 1855
        33 de 1856 à 1865
        32 de 1866 à 1873

Ce résumé de calculs faits avec des chiffres tirés des statistiques officielles établit un décroissement continu dans le nombre des affaires conciliées et démontre, par conséquent, l'opportunité de réformes.

ORIGINE

DU PRÉLIMINAIRE DE CONCILIATION

Le chapitre 5 de l'évangile selon saint Matthieu rapporte le sermon sur la montagne dans lequel , au verset 25, Jésus enseigne en disant : « Accorde- « toi avec ton adversaire, pendant que tu es en « chemin avec lui, de peur que ton adversaire te « traduise devant le juge. »

La conciliation ayant été prêchée par Jésus, c'est la conciliation qu'eut d'abord pour but la juridiction des évêques. Fleury le constate à la page 52 du tome 2 de son histoire ecclésiastique en disant de cette juridiction que « dans son origine et sui- « vant l'esprit de l'Église, elle ne consistait pas à faire « plaider, mais à empêcher de plaider. »

L'heureuse idée de n'admettre les plaideurs devant les tribunaux qu'après une tentative de conciliation n'en appartient pas moins au XVIIIe siècle, vers le milieu duquel Voltaire écrivit la lettre suivante :

« La meilleure loi, le plus excellent usage , le
« plus utile que j'aie vu, c'est en Hollande. Quand
« deux hommes veulent plaider l'un contre l'autre,
« ils sont obligés d'aller d'abord au tribunal des
« juges conciliateurs , appelés faiseurs de paix. Si
« les parties arrivent avec un avocat et un procureur ,
« on fait d'abord retirer ces derniers , comme on
« ôte le bois du feu qu'on veut éteindre. Les faiseurs
« de paix disent aux parties : *Vous êtes de grands fous*
« *de vouloir manger votre argent à vous rendre mu-*
« *tuellement malheureux ; nous allons vous accommoder*
« *sans qu'il vous en coûte rien.* Si la rage de la
« chicane est trop forte dans ces plaideurs, on les
« remet à un autre jour , afin que le temps adoucisse
« les symptômes de leur maladie ; ensuite les juges
« les envoient chercher une seconde, une troisième
« fois ; si leur folie est incurable , on leur permet
« de plaider comme on abandonne à l'amputation
« des chirurgiens les membres gangrenés. »

CRÉATION DES BUREAUX DE PAIX

Les décrets du 24 août 1790 et du 27 mars 1791 ont créé, en France, les bureaux de paix et de conciliation.

L'assemblée constituante organisa deux sortes de bureaux de paix : les bureaux ordinaires pour les contestations entre parties domiciliées dans le ressort du même juge de paix ; le bureau du district pour les contestations entre parties domiciliées dans les ressorts de différents juges de paix.

Les bureaux ordinaires étaient composés du juge de paix assisté de deux assesseurs. — Il y avait un juge de paix dans chaque canton et, en outre, un ou plusieurs juges de paix dans chaque ville. Les juges de paix et leurs assesseurs étaient élus pour deux ans.

Le bureau du district était composé de six membres choisis, pour deux ans, par le conseil général de la commune.

Toute action principale excédant la compétence des juges de paix devait subir le préliminaire de conciliation. Les affaires intéressant la nation , les communes et l'ordre public en étaient seules dispensées.

Suivant le langage du temps, le palais de Thémis fut précédé du temple de la Concorde où les plaideurs entendaient les réflexions de l'Impartialité. L'accès de ce temple était interdit aux agents de la Chicane ; en d'autres termes (moins pompeux), aucun praticien ne pouvait représenter les parties au bureau de paix.

Le bureau constatait les points sur lesquels l'accord s'était produit. — S'il n'y avait pas eu conciliation, le bureau certifiait l'inefficacité de sa médiation , ou bien la non comparution du défendeur.

Aucune action principale n'était reçue devant le tribunal de district si le demandeur ne signifiait pas , en tête de l'ajournement, le certificat du bureau de paix.— Le demandeur ainsi déclaré non recevable était condamné à trente livres d'amende. Pareille amende était infligée au défendeur quand , après avoir fait défaut devant le bureau de paix, il perdait sa cause devant le tribunal de district.

Tout appel d'un jugement rendu sur une action principale , soit par le juge de paix, soit par le tribunal de district , devait être précédé d'une comparution des parties devant le bureau de paix. — En ce cas, le bureau du district était seul compétent.

Aucun appel n'était reçu si l'appelant n'avait pas signifié le certificat délivré par le bureau de paix du district. — L'appelant ainsi déclaré non recevable était condamné à une amende de dix-huit livres pour un appel de jugement du juge de paix et cent vingt livres pour l'appel d'un jugement du tribunal de district. Une amende moitié moindre était infligée à l'intimé quand, après avoir fait défaut devant le bureau de paix, il perdait sa cause en appel.

Le préliminaire de conciliation resta ainsi organisé jusqu'à la constitution de l'an 3.

SUPPRESSION DU BUREAU DU DISTRICT

L'assemblée constituante, en formant les départements, les avait divisés en districts subdivisés en cantons. La convention nationale, dans la constitution de l'an 3, supprima les districts et, dès lors, sous le directoire, les départements furent divisés, d'une manière immédiate, en cantons.

La suppression des districts entraîna celle des tribunaux de district, qui furent remplacés par un tribunal civil composé de vingt juges et siégeant au chef-lieu de département.

La suppression des tribunaux de district occasionna celle du bureau de paix du district et, par suite, un remaniement complet de la compétence des bureaux de paix.

La loi du 26 ventôse an 4 attribua cette compétence : — en matière personnelle ou mobilière, au bureau du domicile de l'un des défendeurs, selon le choix du demandeur ; — en matière de succession, au bureau du lieu où la succession était ouverte ;

3

— en matière réelle ou mixte, soit au bureau du lieu où les biens étaient situés , soit au bureau du domicile du défendeur, selon le choix du demandeur.

Ces modifications ne portèrent aucune atteinte aux principes essentiels du préliminaire de conciliation et simplifièrent le mécanisme de cette institution.

SUPPRESSION

DE LA CONCILIATION SUR APPEL

D'après les décrets de l'assemblée constituante, tout appel devait être précédé d'une comparution des parties devant le bureau de paix du district. En supprimant ce bureau, la constitution de l'an trois déclara que les appels des jugements de juges de paix seraient affranchis du préliminaire de conciliation. La loi du 26 ventôse an 4 affranchit également de ce préliminaire les appels des jugements de tribunaux civils.

Il était reconnu que la tentative de conciliation n'avait aucune chance de succès quand elle précédait un appel.

La conciliation sur appel, supprimée par suite de la suppression des districts, ne fut point rétablie lors de la restauration des districts sous le nom d'arrondissements.

SUPPRESSION

DES ASSESSEURS DU JUGE DE PAIX

La loi du 9 ventôse an 9 ordonna que le juge de paix ne serait plus assisté de deux assesseurs et remplirait seul toutes ses fonctions.

La suppression des assesseurs n'empêche pas le juge de paix de rendre bonne justice et lui permet de la rendre plus promptement.

En ce qui concerne la conciliation, le juge de paix agissant seul obtient de meilleurs résultats que lorsqu'il présidait un bureau de paix. Dégagé de ses assesseurs, il propose nettement la transaction équitable et avec une spontanéité qui impressionne les plaideurs ; tandis que les trois membres d'un bureau de conciliation devaient, avant de proposer aux plaideurs la transaction destinée à les mettre d'accord, se mettre eux-mêmes d'accord en délibérant. — C'est pour juger qu'il faut délibérer ; pour concilier, il faut agir. Or, s'il est admis qu'on doit être plusieurs pour délibérer, il est certain que l'exécution doit être confiée à un agent unique.

SUPPRESSION

DE L'ÉLECTION DES JUGES DE PAIX

Le sénatus-consulte du 16 thermidor an 10 ordonna que les juges de paix seraient nommés pour dix ans et que chaque nomination serait faite par le chef du pouvoir exécutif sur une liste de deux candidats présentés par l'assemblée du ressort de la justice de paix.

Cette mesure a été justifiée par Treilhard dans l'exposé des motifs du code de procédure et en ces termes : « Lorsque le mode d'élection n'était pas « encore soumis à des règlements sages et à une « surveillance salutaire, les magistrats n'étaient « que trop souvent les hommes d'un parti et non « pas les hommes de la nation. On se demandait : « de quel bord est le candidat ? sans se demander « jamais : est-il probe, est-il éclairé, a-t-il cette « impartialité, ce courage qui doivent caractériser « un magistrat ? et le choix, alors momentané « pour ainsi dire, d'un juge de paix était livré aux

« calculs de l'intrigue qui avait à peine élevé un
« homme qu'elle calculait sa chute et son rempla-
« cement, s'il ne se montrait pas un instrument
« servile. »

Plusieurs juristes, notamment d'Eyraud, au
chapitre 31 du tome 3 de son livre sur l'adminis-
tration de la justice, Carré, à la page 16 du
tome 6 de son traité sur l'organisation judiciaire,
se déclarent partisans, pour la nomination des juges
de paix, de systèmes analogues à celui qu'adopta
le consulat et disent à ce sujet : « La juridiction
« des juges de paix doit par-dessus tout être envi-
« ronnée de la confiance des citoyens. Mais il
« n'est point de magistrature populaire si elle ne
« se trouve dans une sphère de confiance générale ;
« or, cette confiance s'accorde et ne se commande
« pas. Le brevet la commande, les justiciables seuls
« peuvent l'accorder. »

C'est la charte de 1814 qui attribua complétement
au chef de l'état la nomination des juges de paix,
mais sans conférer l'inamovibilité à ces magistrats.

L'inamovibilité achèverait d'éloigner le mode actuel
de nomination du mode qu'adopta le consulat et
qui offrait l'avantage de respecter, jusqu'à un certain point, l'opinion des partisans du système élec-
tif, tout en donnant satisfaction aux partisans de
la nomination par le chef de l'état.

CODE DE PROCÉDURE DE 1806

La convention, le directoire et le consulat s'appliquèrent à perfectionner le préliminaire de conciliation, qui pourtant ne réalisa pas les espérances enthousiastes qu'avait conçues l'assemblée constituante en le créant.

L'empire considéra cette institution de nos grandes assemblées comme une vaine formalité qui n'aboutissait qu'à augmenter les frais et les lenteurs des procès.

C'est sous l'influence de ces préventions que fut rédigé le code de procédure dont l'exposé des motifs par Treilhard commence en ces termes : « Que
« cette idée était philanthropique et salutaire de n'ou-
« vrir l'accès des tribunaux qu'après l'épuisement
« de toutes les voies de conciliation ! Pourquoi
« faut-il qu'une si belle institution n'ait pas produit
« tout le bien qu'on devait en attendre, et que les
« effets aient si peu répondu aux espérances ! Pour-
« quoi faut-il que le mal ait été assez grand, ou du
« moins le bien assez faible, pour que même de

« bons esprits proposent aujourd'hui la suppression
« des tentatives de conciliation ! »

Cependant le préliminaire de conciliation qu'avaient
fondé les hommes de 1789 fut heureusement main-
tenu par le code de 1806 , mais ce code, dans les
articles 48 à 58 , mutile l'institution qu'il n'ose
anéantir.

RÉFORMES A FAIRE

Quelles sont, *à priori*, les conditions que doit remplir le préliminaire de conciliation pour avoir toute l'efficacité possible ?

Cette question doit être examinée sous trois aspects : avant, pendant et après la tentative de conciliation.

Avant la tentative de conciliation, il y a deux conditions de succès : — il faut que toute affaire dans laquelle une transaction est possible soit soumise au préliminaire de conciliation ; — il faut que le conciliateur ait l'influence nécessaire.

Pendant la tentative de conciliation, il y a deux conditions de succès : il faut que les plaideurs à mettre d'accord comparaissent, autant que possible, en personne ; — il faut que la convention qui intervient ait toute la force désirable.

Après la tentative de conciliation, il y a deux conditions de succès : — il faut qu'une punition exemplaire soit infligée au plaideur qui n'a pas voulu comparaître devant le conciliateur ; — il faut que toute affaire qui n'a point été appelée devant le conciliateur soit rejetée , d'office , par le tribunal , comme non recevable.

Il y a donc six conditions de succès, deux avant, deux pendant, deux après la tentative de conciliation et qui concernent :

1° Les dispenses de conciliation ;

2° La situation des juges de paix ;

3° La comparution des parties ;

4° La valeur du procès-verbal ;

5° Le taux de l'amende ;

6° La consécration du préliminaire de conciliation.

Pour que chacune de ces conditions de succès soit remplie, des réformes sont, on le verra, indispensables.

Les réformes aux lois sont des lois et doivent par conséquent satisfaire tout à la fois l'esprit et les mœurs de la nation.

L'esprit veut les réformes qu'ont préconisées les juristes et que demande l'opinion publique. Les mœurs repoussent les réformes qui détruisent radicalement ce qui existe ou qui ont pour but de substituer aux institutions du pays celles des autres peuples.

En d'autres termes, les réformes doivent être sages et pratiques. — Sages, c'est-à-dire progressives et populaires. — Pratiques, c'est-à-dire conservatrices et nationales.

I

LES DISPENSES DE CONCILIATION

Toute affaire dans laquelle une transaction est possible est-elle soumise au préliminaire de conciliation ?

Le garde des sceaux, dans la discussion de la loi du 25 mai 1838, disait : « Il convient que, sous pré-« texte d'urgence et de célérité, on ne cherche pas à « augmenter le nombre, déjà *trop considérable peut-*« *être*, des causes que la loi dispense du préli-« minaire de conciliation. »

Le mot *peut-être* est discret, mais parfaitement clair. La doctrine l'a traduit comme le fait Regnard dans le livre qu'il a publié, en 1855, sur la procédure et où il dit, au n° 329 : « Les rédac-« teurs du code de procédure dispensèrent un grand « nombre de procès de l'essai de conciliation. Ce « n'est pas sans quelque raison qu'on leur a re-« proché d'avoir compromis par tant d'exceptions « la généralité de la règle. »

Le répertoire de Dalloz, au n° 35 du mot *conciliation*, avait, en 1851, résumé l'état de la question en ces termes : Les bienfaits de la conciliation « ne peuvent être méconnus, et, loin de restreindre « cette mesure , on doit chercher les moyens de « l'étendre à toutes les affaires qui peuvent être « susceptibles de transaction et sur lesquelles elle « peut exercer une heureuse influence. Sous ce « rapport, le code de procédure nous paraît trop « limitatif et nous sommes loin de regarder la « conciliation comme absolument incompatible avec « toutes les causes qu'il en a dispensées. »

Ainsi, de toutes parts, une réforme de l'article 49 du code de procédure est réclamée.

II

LA SITUATION DES JUGES DE PAIX

Le conciliateur a-t-il l'influence nécessaire?

Dans l'exposé des motifs du code de procédure, Treilhard disait : « Si, dans plusieurs communes, « la conciliation a été peu fructueuse, on n'a pu « se dissimuler qu'elle avait produit les plus heu- « reux effets dans d'autres, surtout lorsque la place « de juge de paix a été occupée par des hommes « que la droiture du cœur, la justesse d'esprit, des « mœurs douces et conciliantes, l'estime générale « enfin, avaient recommandés à leurs concitoyens ; « on connaît des communes dans lesquelles il ne « s'est pas élevé un seul différend depuis plusieurs « années qui n'ait été assoupi par la sagesse du « juge de paix. »

Ainsi, les rédacteurs du code de procédure de 1806, d'accord en cela avec l'assemblée constituante, disaient qu'un bon juge de paix doit posséder la droiture du cœur, la justesse d'esprit, des mœurs douces et conciliantes, l'estime générale. Ces quatre conditions d'aptitude étaient alors garanties et par le choix du chef de l'état et par l'élection des justiciables puisque, de l'an 10 à 1814, le juge de paix fut nommé sur une liste de deux candidats présentés par les électeurs du canton.

Ce serait dénaturer l'institution des juges de paix que d'imposer aux candidats à ces fonctions des conditions d'aptitude autres que celles qui viennent d'être énumérées.

Cependant, au n° 9 du mot *conciliation*, le répertoire de Dalloz, se faisant l'écho de quelques auteurs, dit qu'il serait satisfait « si, comprenant « toute l'importance de la double mission confiée « aux juges de paix et les difficultés d'une ma- « gistrature qui s'exerce sans assesseurs, le légis « lateur exigeait qu'ils fussent choisis parmi les « juges du tribunal de première instance les plus « renommés par le savoir et par l'expérience et « s'il rehaussait leurs fonctions par l'élévation, soit « du traitement, soit du degré hiérarchique qui « serait à peu près le même que celui du prési- « dent du tribunal. »

Les créateurs des justices de paix seraient fort surpris d'entendre de pareilles exagérations. Sans doute le savoir et l'expérience sont nécessaires à un juge de paix, mais un savoir spécial que donne la droiture du cœur et la justesse d'esprit, une expérience spéciale que donnent des mœurs douces, conciliantes et que signale l'estime publique.

S'il avait fallu justifier d'un diplôme ou d'un

stage, mon oncle vénéré, âgé maintenant de quatre-vingt-huit ans, n'aurait pu être, durant un tiers de siècle, le juge de paix modèle dont on conserve la mémoire dans le canton de Lavelanet. En fait de diplôme, il n'avait que des blessures reçues en combattant, comme officier, dans les armées d'Espagne. En fait de stage, il n'avait que les persécutions subies durant la restauration.

Cependant la révolution de 1830 le nomma juge de paix et fit bien, car il possédait au plus haut degré les quatre qualités indiquées par Treilhard.

Ce n'est point à dire qu'il n'y ait nullement à modifier la situation actuelle des juges de paix. Tout le monde au contraire s'accorde à reconnaître qu'ils ne devraient jamais être détournés de leurs fonctions judiciaires.

III

LA COMPARUTION DES PARTIES

Les plaideurs qu'il s'agit de mettre d'accord comparaissent-ils, autant que possible, en personne ?

L'assemblée constituante, en créant les bureaux de paix, entendit que les plaideurs y comparaîtraient personnellement. Il suffit, pour s'en convaincre, de consulter la discussion qui eut lieu lorsque Thouret proposa les articles de loi relatifs aux bureaux de paix :

« LANJUINAIS. — Il est possible qu'une partie
« traduite au bureau de paix soit absente ou em-
« pêchée d'une manière quelconque ; il faut lui
« réserver la faculté de se faire représenter.

« LACHAISE. — En autorisant les parties à être
« représentées, elles prétexteront des maladies pour
« faire comparaître des praticiens.

« THOURET. — Ce serait perdre l'utilité et la
« pureté de cette institution que de permettre la
« représentation. Il est certain qu'il peut se trouver

« des cas où la comparution de l'une ou de l'autre
« partie en personne soit impossible. L'exception
« nécessaire pour cette circonstance fera l'objet
« d'un règlement particulier.

« MARTINEAU. — Si vous admettez la comparution
« par procureur, vous ressuscitez les praticiens.

« DUQUESNOI. — Il n'y aura plus d'inconvénients
« à permettre aux parties de se faire représenter
« si on exige en même temps qu'elles ne soient
« jamais représentées par des praticiens.

« THOURET. — La comparution en personne est
« le plus sûr moyen pour amener à la conciliation,
« et la conciliation est la base fondamentale de
« l'institution. Il y aura une exception pour les
« impossibilités absolues de comparaître, mais il
« faudra que cette exception soit resserrée. »

L'article 53 du code de procédure ne resserre
nullement cette exception et permet aux parties de
se faire représenter sans qu'elles aient à produire
aucune justification du fait qui les empêche de comparaître personnellement.

Une révision de cet article 53 est indispensable.

IV

LA VALEUR DU PROCÈS-VERBAL

La conciliation qui intervient a-t-elle toute la force désirable ?

D'après l'article 54 du code de procédure , les conventions des parties , insérées au procès-verbal de conciliation , ont force d'obligation privée.

Cependant la foi attribuée aux actes authentiques leur est due. Par suite, une partie ne sachant ou ne pouvant signer a la faculté de faire une convention dans le procès-verbal de conciliation. Si cette convention n'a que la foi attribuée aux actes authentiques et n'en a pas la force , c'est uniquement pour ne pas porter atteinte aux prérogatives des notaires.

La signature d'un juge de paix conciliateur n'a donc pas la même puissance que la signature d'un simple notaire. De telle sorte que la convention constatée dans un procès-verbal de conciliation n'a pas force exécutoire et ne peut conférer hypothèque.

Les juristes pensent qu'il importe, au contraire, de subordonner l'intérêt particulier des notaires à l'intérêt général des plaideurs, alors surtout qu'il s'agit de diminuer le nombre des procès.

Sirey, à la page 277 du tome 2, a émis le vœu que le président du tribunal civil rende exécutoires les transactions constatées dans un procès-verbal de conciliation, de même que ce magistrat rend exécutoires les décisions arbitrales.

Au numéro 331 de son livre sur la procédure, Regnard fait la proposition suivante : « Si les procès-
« verbaux de conciliation avaient tous les effets des
« actes notariés, il serait facile, en simulant un
« procès, d'obtenir gratuitement, par cette voie,
« tout le bénéfice de ces actes, et beaucoup de gens
« déserteraient, par calcul, les études des notaires.
« Je crois qu'il est un moyen facile de tout concilier.
« Qu'on établisse sur les procès-verbaux de con-
« ciliation un droit d'enregistrement proportionnel
« à la valeur de l'objet de la transaction et repré-
« sentant à peu près, dans son chiffre, l'émolument
« qui serait attribué aux notaires pour un acte
« pareil. L'établissement de ce droit protecteur
« permettra de donner aux actes des juges de paix
« la force exécutoire qui leur est due, en garantissant
« en même temps la corporation des notaires de
« toute concurrence fâcheuse. »

Il semble que cette proposition ne satisferait pas plus les notaires que les justiciables.

V

LE TAUX DE L'AMENDE

Une punition exemplaire est-elle infligée au plaideur qui n'a pas voulu comparaître devant le conciliateur ?

L'article 56 du code de procédure porte que celle des parties qui ne comparaît pas sera condamnée à une amende de dix francs. Cette amende est tellement dérisoire que, sur six personnes citées en conciliation, une au moins fait défaut.

Toutes comparaîtraient si les tribunaux avaient mission de déterminer le chiffre de l'amende entre un minimum assez élevé et un maximum proportionné à l'importance du procès.

Tel est l'avis que Regnard exprime au N° 333 de son livre sur la procédure: « Je trouverais bon, « dit-il, d'élever cette amende suivant l'importance « des affaires , ou tout au moins de laisser au

« tribunal une certaine latitude dans sa détermi-
« nation. »

La fortune des parties ne devrait-elle pas aussi être prise en considération pour la fixation de l'amende ?

VI

LA CONSÉCRATION DU PRÉLIMINAIRE

DE CONCILIATION

Toute affaire qui n'a point été appelée devant le conciliateur est-elle rejetée, d'office, par le tribunal, comme non recevable ?

En d'autres termes, le préliminaire de conciliation est-il d'ordre public ?

La jurisprudence, après quelques hésitations, décide qu'une institution qui a pour but de calmer les haines et de maintenir la concorde entre les citoyens en étouffant les procès à leur début n'est pas d'ordre public.

Au N° 330 de son livre sur la procédure, Regnard émet l'avis suivant : « Je voudrais qu'une disposi-« tion formelle prescrivît aux tribunaux de rejeter « d'office toute demande qui ne serait point accom-« pagnée du certificat de non-conciliation. Je per-« mettrais aussi au défendeur d'opposer , dans ce

« cas, la nullité de la demande, mais au commen-
« cement du procès seulement, parce qu'il ne faut
« pas qu'il dépende de lui d'engager le débat,
« tout en se réservant de faire annuler ensuite la
« procédure, si les premiers résultats du procès
« ne répondaient pas à son attente. »

DU MÉDIATEUR COMMUNAL

A la page 627 de son 1ᵉʳ volume, Favard disait :
« La plupart des juges de paix engagent officieu-
« sement les parties à se présenter volontairement
« et, lorsqu'ils ont dans leur canton toute l'influence
« qu'ils doivent avoir, il est rare que les parties
« ne défèrent pas à leur invitation. Par ce moyen,
« les frais de citation sont évités, les esprits ne
« sont point aigris par la dépense d'un premier
« acte judiciaire, ni surtout par l'entremise d'un
« huissier, et souvent cette précaution suffit pour
« opérer des conciliations qui, sans elle, n'eussent
« pas eu lieu. »

Cet usage des juges de paix fut règlementé, dans
la loi du 25 mai 1838, par l'article 17 ainsi
conçu : « Dans toutes les causes, excepté celles
« où il y aurait péril en la demeure et celles dans
« lesquelles le défendeur serait domicilié hors du
« canton ou des cantons de la même ville, le juge
« de paix *pourra* interdire aux huissiers de sa
« résidence de donner aucune citation en justice,

« sans qu'au préalable il n'ait appelé, sans frais,
« les parties devant lui. »

Ce préliminaire de conciliation, qui n'était encore que facultatif, puisque le juge de paix pouvait ne point l'ordonner, est devenu obligatoire depuis que la loi du 2 mai 1855 a modifié ledit article 17.

Ainsi, les bienfaits du préliminaire de conciliation ont été étendus aux affaires qui n'excèdent pas la compétence du juge de paix. Mais il en résulte que, dans les affaires de sa compétence, le juge de paix doit agir comme conciliateur d'une part et, d'autre part, comme juge.

« N'y a-t-il pas (dit Regnard au n° 328 de son
« livre sur la procédure) une certaine incompati-
« bilité entre les fonctions de conciliateur et celles
« de juge ? Le conciliateur doit faire sentir aux
« parties ce qu'il peut y avoir d'injuste dans leurs
« prétentions ; pour les engager à en faire libre-
« ment le sacrifice, il manifeste ainsi son opinion.
« Si l'affaire ne s'arrange pas, le juge, dont les
« conseils auront été méconnus, n'aborde plus la
« délibération du jugement avec un esprit dégagé
« de toute préoccupation. »

C'est pour cela que, dans les affaires de la compétence des tribunaux civils, les juges et le conciliateur sont distincts. Pourquoi n'en serait-il pas de même dans les affaires de la compétence des juges de paix ?

Ne pourrait-on pas faire nommer par le conseil municipal un médiateur communal dont les fonctions seraient gratuites ? Toutes les règles du préliminaire de la conciliation devant le juge de paix seraient d'ailleurs applicables au préliminaire de conciliation devant le médiateur communal.

Les paysans sont tout prêts à profiter des avantages d'une semblable institution. Voyez-les ! Dès qu'ils trouvent à leur disposition un homme de bonne volonté ayant l'aptitude nécessaire, ils ne manquent pas de l'instituer leur médiateur. Mon grand-père, qui prit sa retraite de juge à l'âge de 67 ans et qui conserva toutes ses facultés intellectuelles jusqu'à sa mort, c'est-à-dire jusqu'à l'âge de 92 ans, se retira dans le village de Roquefixade où, durant un quart de siècle, il fut le médiateur de vingt communes appartenant aux cantons de Lavelanet, de Foix et de Mirepoix. Chaque dimanche, les clients se pressaient dans sa maison comme dans le prétoire d'un juge de paix. Ses décisions, toujours gratuites, toujours équitables, étaient respectées comme des sentences judiciaires.

Cet exemple prouve qu'il faudrait laisser aux conseils municipaux la faculté de choisir le médiateur communal en dehors de leur commune et d'investir de ces fonctions le même citoyen pour plusieurs communes, quand bien même ces communes appartiendraient à différents cantons et à différents arrondissements.

Cet exemple prouve encore que le conciliateur communal devrait tenir séance le dimanche. Il ne recevrait les plaideurs, durant la semaine, qu'en cas d'urgence :

Diverses objections m'ont été faites :

1° Comment le juge paix serait-il averti que le préliminaire de conciliation devant le médiateur communal n'a pas eu de succès ou que le défendeur n'a pas comparu ? — Le médiateur communal délivrerait un certificat et aucune demande ne serait reçue par le juge de paix sans la présentation de ce certificat.

2° Comment un médiateur communal pourrait-il remplir simultanément ses fonctions pour plusieurs communes de divers cantons et de divers arrondissements? — Les plaideurs seraient tenus de se présenter au domicile du médiateur communal et, en cas de non conciliation des parties ou de non comparution du défendeur, le certificat du médiateur communal serait valable devant n'importe quel juge de paix.

3° Le médiateur communal aura-t-il, dans sa maison, un local convenable pour tenir séance ? — La salle de la mairie ou la salle d'école pourrait être mise à sa disposition chaque dimanche.

4° Touverait-on à recruter les médiateurs communaux ? — Avec le système actuel, les préliminaires de conciliation ont lieu devant le juge de paix, c'est-à-dire devant un seul médiateur par canton. Avec le système proposé, ne trouva-t-on que trois ou quatre médiateurs par canton, le déplacement pour les plaideurs serait moindre, puisque les diverses communes du canton se répartiraient entre ces trois ou quatre médiateurs ; et certainement les conseils municipaux découvriraient un plus grand nombre de bons médiateurs.

5° Le médiateur communal saurait-il toujours apprécier si l'affaire est ou non de la compétence du juge de paix ? — Qu'importe !... Si le médiateur, quoique incompétent, arrivait à une conciliation, tant mieux ; et s'il n'y parvenait pas, il en résulterait tout simplement que le préliminaire de conciliation serait à recommencer devant le juge de paix.

·6° Le médiateur communal aurait-il un insigne ? — L'assemblée constituante a, peut-on dire, résolu implicitement cette question.

Le 18 octobre 1790, le comité de constitution, ayant à statuer sur une pétition demandant une marque distinctive pour les juges de paix, émit l'avis suivant : « Le juge de paix doit regarder « comme une distinction précieuse de ne porter « aucun costume distinct, qui serait un véritable « hochet d'enfant, lorsqu'il ne doit avoir que la « haute considération attachée à son utilité et à « son importance pour le bien public. On verra cependant « s'il est avantageux de lui donner quelque « marque extérieure en certains cas. »

En conséquence, l'article 13 du décret du 27 mars 1791 prescrivit ce qui suit : « Les juges de « paix pourront porter, attaché au côté gauche de « l'habit, un médaillon ovale en étoffe, bordure « rouge, fond bleu, sur lequel seront écrits en « lettres blanches ces mots : *La loi et la paix.* » Ces objections n'ont donc rien d'embarrassant.

Mais il en est une 7ᵉ qui est capitale : Pourquoi substituer au juge de paix conciliateur des médiateurs communaux ? — Je croyais avoir suffisamment montré que cette innovation serait logique et serait bonne. Je vais compléter l'argumentation.

Examinant la question de savoir si l'un des juges du tribunal de première instance devrait être substitué au juge de paix pour les préliminaires de conciliation dans les affaires excédant la compétence des juges de paix, Boncenne dit, aux pages 37 et 38 du tome 2 : « Tout bien considéré, « j'aime mieux nos juges de paix qui restent étrangers « aux débats ultérieurs de l'affaire, que ces ma- « gistrats qui s'interposent afin d'accorder les plaideurs « avant de les juger, et dont l'influence peut « être, en définitive, un sujet de crainte pour « celui qui n'aurait pas cru devoir se soumettre à « leur haute médiation. »

Boncenne reconnaît donc, lui aussi, qu'il y a une certaine incompatibilité entre les fonctions de conciliateur et celles de juge. Cette incompatibilité doit être plus forte pour un juge unique, comme le juge de paix, que pour un juge qui fait partie d'un tribunal. Tout au moins est-elle la même. Dans tous les cas, la règle qui est appliquée pour les affaires excédant la compétence du juge de paix doit être également appliquée pour les affaires qui n'excèdent pas la compétence du juge de paix. Le conciliateur distinct du juge étant adopté pour le riche qui a un gros procès doit être également adopté pour le pauvre qui a un petit procès.

La création du médiateur communal n'est d'ailleurs pas sans précédent. Si j'ai hésité à indiquer une institution analogue qui donne d'excellents résultats, c'est que toute réforme doit être nationale. Cependant le canton de Genève est tellement Français, peut-on dire, que ses institutions sont probablement compatibles avec les mœurs et l'esprit de la France. Eh bien ! l'article 6 de la loi de procédure du canton de Genève attribue aux maires, dans leurs communes, la conciliation des parties qui se présentent devant eux volontairement ou sur simple invitation.

Je crois préférable de laisser au conseil municipal le choix du médiateur communal, et je suis convaincu qu'un médiateur ainsi investi de la confiance publique aurait sur les plaideurs une influence prépondérante.

APPEL AUX AMIS DU PEUPLE

Les livres sont faits, dit-on, avec des livres.

J'ai pourtant mis, dans celui-ci, autre chose que le résultat de recherches : j'y ai mis beaucoup de mon être.

En montrant, dans le dernier chapitre, qu'il serait logique et qu'il serait bon de créer le médiateur communal, je crois avoir émis une idée nouvelle qui mérite attention.

Cette idée, je la livre aux amis du peuple.